Marco Haurélio

A ROUPA NOVA do Rei

OU
O encontro de João Grilo
com Pedro Malazarte

Adaptação da obra de
Hans Christian Andersen

Ilustrações de
Klévisson Viana

São Paulo - 2º edição - 2025

A ROUPA NOVA do Rei

ou
O encontro de João Grilo
com Pedro Malazarte

© *Copyright*, 2007, Marco Haurélio
2025 - 2º edição

Todos os direitos reservados.
Editora Volta e Meia

Rua Engenheiro Sampaio Coelho, 111
04261-080 São Paulo-SP
Fone/fax: (11) 2215-6252
Site: www.novaalexandria.com.br
E-mail: vendas@novaalexandria.com.br

Revisão: Julia Messias
Capa: Viviane Santos sobre ilustração de Klévisson Viana
Editoração: SGuerra Design
Ilustrações: Klévisson Viana

Dados Internacionais de Catalogação na Publicação (CIP)
Tuxped Serviços Editoriais (São Paulo, SP)
Ficha catalográfica elaborada pelo bibliotecário Pedro Anizio Gomes - CRB-8 8846

Haurélio, Marco.

A roupa nova do rei ou O enontro de João Grilo com Pedro Malazarte; adaptação da obra de Hans Christian Andersen; Ilustrações de Klévisson Viana. – 2. ed. – São Paulo, SP : Editora Volta e Meia, 2025.
40 p.; il.; 16 x 23 cm.

ISBN 978-85-65746-12-0.

1. Literatura de cordel. 2. Poesia brasileira: cordel. I. Andersen, Hans Christian, 1805-1875. II. Viana, Klévisson.

CDD 398.2

ÍNDICE SISTEMÁTICO PARA CATALOGAÇÃO:
1. Literatura infantojuvenil

Conversa antes da Leitura

Uma história muito antiga

A roupa nova do rei é um dos contos mais conhecidos do escritor dinamarquês Hans Christian Andersen (1805-1875), considerado com justiça o Pai da Literatura Infantil. Publicado inicialmente em 1837, em uma coletânea de contos de fadas, é uma história de exemplo em que a crítica à hipocrisia se sobressai ao humor. O enredo fala de um rei vaidoso ao extremo, a ponto de se fazer de estúpido, que é passado para trás por dois trapaceiros. Estes, em troca de riquezas, garantem fazer para o rei o mais belo traje, advertindo-o, porém, ser este invisível aos estúpidos.

Uma versão mais antiga do conto é a que consta no *Livro de Patrônio ou do Conde Lucanor*, de Don Juan Manuel, publicado na Espanha em 1335. Nesta, de origem oriental, como a maior parte do livro, o rei aceita os serviços dos trapaceiros que se propõem a fabricar uma tela invisível aos filhos ilegítimos. Membros da corte, com medo de serem tomados por bastardos, endossam a farsa. O pajem negro do rei, no entanto, descobre o logro, para vergonha do soberano e de seus bajuladores. No reconto de Andersen, sabemos, é uma criança quem avisa que o rei está nu.

Andersen, mesmo sem conhecer o texto original espanhol, baseou-se numa tradução deste para o alemão, compondo assim o conto que muitos pensam ser de sua autoria. Versões registradas no Sri-Lanka, Índia e Turquia levam a crer que o conto foi levado ao Ocidente pelos muçulmanos que, por tanto tempo, dominaram parte da Península Ibérica. O certo é que a história traz valores universais e, em qualquer época, a inocência da criança ou a honestidade do pajem fará contraponto à vaidade e ao orgulho dos poderosos.

Os amarelinhos nos contos populares e no cordel

A literatura de cordel brasileira, que teve o Nordeste como berço, consagrou histórias épicas, dramas amorosos, façanhas de cangaceiros, fábulas e relatos de reinos maravilhosos, entre tantos outros temas. Consagrou também um personagem, o *amarelinho*, que, mesmo tendo origem europeia, passou a simbolizar o sertanejo pobre, perseguido pelos coronéis (reis nos contos originais), destituído de beleza, mas rico em sabedoria. Pode ser João Grilo, Pedro Malazarte, Bertoldo, Cancão de Fogo e até mesmo os poetas portugueses Camões e Bocage, que, como personagens folclóricos, sobrepõem à força física e ao poder econômico a esperteza desprovida, muitas vezes, de remorsos.

Figurando inicialmente nos contos populares trazidos de Portugal, Pedro Malazarte (ou Malasartes) é, para o folclorista Luís da Câmara Cascudo, "o tipo feliz da inteligência despudorada e vitoriosa sobre os avarentos, os parvos, os orgulhosos, os ricos e os vaidosos..." (*Dicionário do folclore brasileiro*, p. 445). Conhecido na Espanha como Pedro de Urdemales, confunde-se com outros trapaceiros, como João Grilo, seu companheiro na história que vamos ler. No cordel, são muitos os folhetos sobre Pedro Malazarte. O mais conhecido, sem dúvida, é *Presepadas de Pedro Malazarte*, de Francisco Sales Arêda, que traz essa descrição peculiar do célebre trapaceiro:

Era Pedro Malazarte
Um curioso ladino
Que viveu de presepadas
Desde muito pequenino
Nunca achou um caloteiro
Que lhe enrascasse o destino.

João Grilo é outro personagem que se fez nordestino no processo natural de mudança de contexto social e cultural. Aparece nos *Contos populares portugueses*, de Consiglieri Pedroso (*História de João Grilo*) e nos *Contos tradicionais do povo português*, de Teófilo Braga (*João Ratão ou Grilo*). Giambattista Basile, em sua obra-prima, *Pentamerone*, (1634-36), refere-se ao Maestro Grillo, personagem de um texto popular italiano, *Opera nuova piacevole da ridere de um villano lauratore nomato Grillo, quale volse douentar medico, in rima istoriata* (Nova obra engraçada sobre um espertalhão chamado Grilo, que se passa por médico, em história rimada), que circulou em Veneza, em 1519. Por se tratar de um texto escrito, podemos supor que as histórias do amarelo mais esperto do cordel já eram antigas no século XVI.

Dos contos populares João Grilo saltou para o cordel em 1932. *Palhaçadas de João Grilo*, de João Ferreira de Lima, é o primeiro folheto sobre o amarelinho. Ampliado em 1948, e rebatizado como *Proezas de João Grilo*, tornou-se um dos maiores sucessos do cordel brasileiro em todos os tempos. A ponto de, em 1955, o escritor paraibano Ariano Suassuna transformá-lo no protagonista do *Auto da Compadecida*, sua peça teatral mais conhecida.

O encontro de João Grilo com Pedro Malazarte

Este livro marca o encontro de João Grilo com Pedro Malazarte. Os personagens se encontram em Recife, capital de Pernambuco, e de lá decidem ir a um lugar onde ninguém os conheça para aplicar mais uma trapaça. Chegam a um país onde ouvem falar de D. Fernando, um rei vaidoso, em quem resolvem dar uma lição, disfarçados de alfaiates. Ambientada a princípio no Nordeste, e depois em um reino típico dos contos infantis, o texto rompe com a fronteira entre a realidade e a imaginação, dando novo sentido a uma história que é velha conhecida nossa, mas que aqui aparece renovada nesta versão em cordel ilustrada por Klévisson Viana.

A Roupa Nova do Rei

ou
O encontro de João Grilo
com Pedro Malazarte

As histórias de cordel
São lidas em toda parte,
Umas falam de João Grilo,
Que fez da astúcia uma arte,
E por isso é comparado
Com o Pedro Malazarte.

As façanhas destes dois
Correm por todo o sertão
Em folhetos populares,
De grande circulação,
Pois é função do cordel
Preservar a tradição.

João Grilo, considerado
O maior dos estradeiros,
Usou sua inteligência
Para enganar fazendeiros,
Comerciantes, gatunos,
Coronéis e cangaceiros.

Malazarte, nem se fala:
Era o rei das presepadas.
Suas histórias ainda
São muito rememoradas;
Pelos poetas do povo
Foram imortalizadas.

O destino porém quis
Que estes dois espertalhões
Se encontrassem no Recife,
Em difíceis condições,
Pois não era próprio deles
Guardar suas provisões.

Malazarte aproximou-se
Do colega com estilo:
— Meu distinto cavalheiro,
Você não é o João Grilo?
João respondeu: — Não, senhor.
O meu nome é Petronilo.

— Petronilo o quê, sujeito! —
Exclamou o Malazarte. —
Se você não for João Grilo,
Sou o soldado Ricarte!
Uma cabeça tão grande
Não se vê em toda parte.

João retrucou: — E você,
Eu desconfio que seja,
O famoso Malazarte,
Que nunca enjeitou peleja
E já foi muito cantado
Pela musa sertaneja.

Malazarte disse ao Grilo:
— É uma satisfação
Conhecer o amarelo
Mais famoso do sertão.
— O prazer é todo seu —
Respondeu, mangando, João.

Os dois, então, se abraçaram
E se tornaram amigos,
Pois, sozinhos, passariam
Por infindáveis perigos,
E, juntos, superariam
Os maiores inimigos.

Como os dois já eram muito
Conhecidos no Nordeste,
João convidou o Malazarte,
Dizendo: — Cabra da peste,
Vou lhe fazer um convite,
Que na verdade é um teste.

Vamos para outro país
Onde a sorte nos ajude.
Desses que só aparecem
Em filmes de Hollywood.
Malazarte disse: — Vamos...
Aqui já fiz o que pude.

Embarcaram num navio,
No rumo de onde o sol nasce.
Por estarem sem recursos,
Pra que algum cobre restasse,
Na companhia dos ratos,
Foram na terceira classe.

O navio os conduziu
Para um distante país.
João Grilo pensou: "Aqui
Na certa, serei feliz".
Já Pedro disse: — Aqui vou
Fazer o que nunca fiz.

Assim que em terra pisaram,
Procuraram um barbeiro.
Este disse para os dois:
— Vejo que vêm do estrangeiro.
E não sabem das manias
De D. Fernando Primeiro?

— D. Fernando? Quem é esse? —
Perguntou João, curioso.
— É o nosso imperador,
Um sujeito presunçoso.
Não existe nesse mundo
Ser humano mais vaidoso.

— É mesmo? — perguntou Pedro,
Mostrando-se interessado.
O barbeiro respondeu,
De modo bem educado:
— Nosso rei acha que o mundo
Só para ele foi criado.

Vive se pavoneando,
Por todos é bajulado.
Sempre recebe elogios,
Por ninguém é criticado.
João Grilo falou: — Eu quero
Conhecer esse danado!

E, chamando Pedro à parte,
Disse com convicção:
— Vamos atrás desse rei
Aplicar-lhe uma lição.
Malazarte respondeu:
— Só se for agora, João!

Antes, eles enganaram
Um malvado fazendeiro.
Não vou entrar em detalhes,
Pra não mudar o roteiro,
Pois para enganar o rei
Precisavam de dinheiro.

Procuraram uma loja
Bem ao gosto do freguês,
Pois a moda no país,
Se me acreditam vocês,
Sem dúvida parecia
Ser do século dezesseis.

Os dois saíram da loja
Com trajes de fidalguia.
Marcharam rumo ao palácio,
Já no desmaiar do dia,
Porém, antes, combinaram
O que cada um faria.

No palácio, os dois disseram.
Que queriam ver o rei.
Um soldado perguntou,
Amparado pela lei,
Por que desejavam ver
O líder da sua grei.

Pedro respondeu: — Senhor,
Nós somos dois alfaiates,
Costuramos peças finas
Que não se acham em mascates,
Gente séria como nós
Não gosta de disparates.

O soldado foi até
O salão imperial
Comunicar ao monarca
Da visita especial.
Disse o rei: — Faça-os entrar.
Quero vê-los afinal

Os dois foram conduzidos
Até um grande salão,
Onde o rei, entronizado,
Fez um gesto com a mão,
Chamando pra perto dele
Pedro Malazarte e João.

Pedro disse cochichando:
— Esse rei não vai ser sopa!
Deve gastar uma nota
Pra manter o guarda-roupa,
E por um traje elegante
Nem mesmo um tesouro poupa.

Assim que se aproximaram
Do soberbo governante,
Disse o Grilo: — Meu senhor,
Somos de um país distante,
Mas em nenhuma outra terra
Vimos rei mais elegante.

D. Fernando ficou ancho
Quando João falou aquilo.
Pedro depois completou:
— Pense num rei com estilo!
— Nunca vi cabra mais lorde!
—
Disse, apoiando, João Grilo.

D. Fernando, envaidecido,
Disse: — Obrigado, senhores.
Os conselheiros não cansam
De enaltecer meus pendores,
Afinal eu sou um rei
Digno de muitos louvores.

João Grilo, então, retrucou:
— Estou vendo em minha frente
Um rei que, além de elegante,
Refinado, competente,
Tem o maior dos triunfos:
É um cabra inteligente!

Portanto, eu e meu sócio,
Pierre de Malazar,
Far-lhe-emos uma proposta
Difícil de recusar.
Ouça com muita atenção
Porque só tem a ganhar.

João Grilo mostrou-lhe então
Um baú artesanal.
E disse: — Aqui dentro guardo
Uma joia sem igual,
Com a qual vamos fazer
Uma roupa divinal.

Por terem sido cuidados
Por homens de sapiência,
Os tecidos do baú,
Dos quais louvo a excelência,
Só são vistos por pessoas
De provada inteligência.

Propomos, então, fazer
Com o tecido invisível
Uma peça que, no mundo,
Não há outra mais incrível.
Dela faremos um traje
Do mais altíssimo nível.

Porém os tolos jamais
Enxergarão esta peça.
O rei, ao ouvir aquilo,
Pensou: "Que marmota é essa?
Como sou inteligente,
Essa história me interessa!"

E disse aos dois alfaiates:
— Vocês são meus convidados;
Nos melhores aposentos
Ficarão acomodados,
Porque para a fidalguia
Eles foram reservados.

Disporão do necessário
Para sua tecelagem.
Deixarei a seu serviço
O mais competente pajem,
E, no que mais precisarem,
Disponham da criadagem.

Os dois foram instalados
Num suntuoso salão.
Malazarte comentou:
— Eta, vida boa, João!
Para provar que é verdade,
Vou me dar um beliscão.

E depressa começaram
A trabalhar o tecido.
Se alguém os espionava
Via que algo era medido,
Mas esse *algo* ficava
Dos seus olhos escondido.

O tempo ia passando
Numa regalia só.
João Grilo disse: — Isso aqui,
Se eu contar em Cabrobó,
Irão pensar que é mais uma
Presepada de Chicó!

O rei, já muito ansioso,
Mas sem querer demonstrar,
Ordenou a um conselheiro
Que fosse vistoriar
A confecção do traje
Que em breve iria usar.

O conselheiro do rei,
Um ancião respeitado,
Foi ao salão, convencido
De ser privilegiado,
Mas, quando olhou os teares,
Ficou decepcionado.

Via João e Malazarte
Com as agulhas na mão,
Porém não viu o tecido
E pensou: "Quanta ilusão!
Então serei tão estúpido,
Indigno da posição?!"

Esfregou de novo os olhos,
Beliscou-se e nada viu,
Mas os homens trabalhavam.
O ministro pressentiu
Que, se algum dia foi sábio,
Todo o saber se extinguiu.

Disse de si para si:
"Se eu falar que não vi nada,
Perante o rei e seus súditos,
Serei razão de piada.
Portanto, direi que vi
A roupa sendo aprontada".

E, ao retornar ao salão,
Onde o rei já o aguardava,
O honesto conselheiro,
Sem reserva, elogiava
A roupa nova do rei,
Que seu olho deleitava.

— Meu rei, — falou o bom homem —
Juro à fé de carvoeiro,
Que a roupa que contemplei
Jamais vi no mundo inteiro
Algo que possa igualar-se
Neste reino ou no estrangeiro!

É digna de ser usada
Pela augusta majestade.
O rei ficou convencido,
Pleno de felicidade,
Pois nas palavras do sábio
Só enxergava a verdade.

Passados mais alguns dias,
O rei olhou-se no espelho
E então mandou estender
Lindo tapete vermelho
Para que se convocasse
Sem delongas o conselho.

Dois honrados conselheiros,
Homens experimentados,
A pedido do monarca
Já seguiram, decretados,
Ao salão dos alfaiates
E, lá, ficaram pasmados.

Viram os dois trabalhando
Febrilmente nos teares,
Mas, por mais que procurassem
Os tecidos singulares,
Só viam os alfaiates
Ocupando os seus lugares.

Um olhava para o outro
Com cara de bobalhão,
E, pensando a mesma coisa,
Fizeram como o ancião:
Mentiram para salvar
A sua reputação.

Quando o rei lhes perguntou:
— Minha roupa, como está?
Um conselheiro falou:
— Agora que estamos cá,
Afirmamos, nesse mundo,
Peça mais linda não há!

— Então eu mesmo vou lá —
Disse o rei com soberbia. —
Vou ver como está o traje,
Feito para a monarquia. —
Porém quando entrou no quarto,
Seu queixo quase caía.

Com dois altos funcionários
E os mais nobres cavalheiros,
O rei adentrou, com pressa,
O salão dos trapaceiros,
Que, ao vê-los, se levantaram,
Mostrando-se prazenteiros.

Pedro disse: — Majestade,
Repare neste tear
A maior das maravilhas
Que se pode contemplar.
O rei pensou: "Que tragédia!
Nada consigo enxergar!

Serei néscio por acaso,
Pois não enxergo o tecido?!"
O Grilo disse: — Senhor,
Não fique tão constrangido
Porque amanhã estará
Com essa joia vestido.

— Que bom, meu jovem! Que bom! —
Disse o rei com fingimento. —
Que peça mais formidável!
Que traje mais opulento!
Eu a vejo bem, pois tenho
Um vasto conhecimento!

Os funcionários da corte
Concordaram com seu chefe:
— Formidável! Magnífico! —
Sem desconfiar de blefe,
Pois ninguém admitia
Ter a mente mequetrefe.

Quando deixaram a sala,
Comentavam sobre o pano
Que seria em poucos dias
O traje do soberano,
Que sairia em desfile,
Sem nem pensar no engano.

E logo, à boca miúda,
Em toda parte se ouvia
Que na grande procissão
D. Fernando sairia
Com o traje mais bonito
Que no mundo inteiro havia.

Sabiam que a roupa nova
Só podia ser notada
Por pessoas que tivessem
Inteligência sobrada.
Essas enxergavam tudo
E os tolos não viam nada.

Enquanto isso, os dois homens
Trabalhavam concentrados,
Pois pelo rei do lugar
Já foram condecorados
Cavaleiros do Tear,
E por todos aclamados.

Um conselheiro inda viu
O João Grilo retirar
O tal tecido invisível,
Com a tesoura o cortar
E com agulhas sem linha
Ainda o viu costurar.

Foi à presença do rei
Para não passar por tonto
E jurou que o novo traje
Já estava quase pronto.
Pela atitude tão nobre,
Ganhou precioso ponto.

Uma hora depois se ouvia
Um grito de entusiasmo:
— A roupa está concluída! —
O rei aí ficou pasmo
E, correndo até a sala,
Foi quase tendo um espasmo.

Lá chegando, inda viu Pedro
Montando peça por peça
E dizendo: — Majestade,
Cumprimos nossa promessa.
Responda se há no mundo
Roupa mais linda que essa?

O rei já foi se despindo
Para usar a roupa nova.
Calças, casaco e um manto
Dignos da mais bela trova.
E os trapaceiros, alegres,
Superaram dura prova.

João explicou: — Majestade,
Essa roupa é tão estranha,
Pois em leveza supera
Até a teia da aranha. —
Mas quem olhasse pra o rei
Só enxergava era banha!

Um grande espelho na sala
Denunciava o malfeito,
Mas o rei, muito orgulhoso,
Procurava o melhor jeito
De demonstrar que era sábio
E, assim, manter o respeito.

Os camareiros, chamados
Para segurar o manto,
Quando não viram a roupa,
Não esconderam o espanto.
Mesmo assim, continuaram —
Ali ninguém era santo!

O rei saiu do palácio
Seguido pelos ministros.
Estes, muito envergonhados,
Trocando olhares sinistros...
Um historiador guardou
Da triste cena os registros.

Das sacadas, das janelas,
A multidão contemplava.
Quando um olhava de lado,
Outro com medo falava
Que era linda por demais
A roupa que o rei usava.

O certo é que por estúpido
Ninguém queria passar.
Aplausos e mais aplausos
Faziam o rei vibrar,
Mas um fato inusitado
Fez a história mudar.

De repente, uma criança
Causou grande sururu,
Quando apontou o monarca,
Dizendo: — O rei está nu! —
D. Fernando nesta hora
Queria ser um tatu...

— O nosso rei está nu! —
Começa a dizer o povo.
D. Fernando se sentiu
Igual a um pinto no ovo,
Pois viu que era uma trapaça
A história do traje novo.

Mesmo assim, continuou,
Fingindo que nada ouvia.
Com a corte e os camareiros
A procissão prosseguia.
Estes segurando um manto
Que nem sequer existia.

Quando o rei voltou pra casa,
Convocou um batalhão,
Para prender os dois homens,
Os autores da armação.
Mas a guarda não achou
Nem vestígio no salão.

Os homens tinham fugido
Levando grande tesouro
Doado por D. Fernando,
Que achou muito desaforo
E disse: — Aqueles patifes
Merecem cair no couro!

Com a lição aplicada,
D. Fernando, envergonhado,
Tornou-se até mais humano,
Depois de haver repensado
A maneira autoritária
Como o povo era tratado.

E o que terá sido feito
De Malazarte e de João?
Juntaram todo o dinheiro
Que ganharam na armação,
E, fugindo do palácio,
Voltaram para o sertão.

Cada qual tomou seu rumo,
Na volta para o Nordeste,
Com a certeza de que
Passaram num duro teste.
E assim termina a história
Destes dois cabras da peste.

Glossário

Ancho: vaidoso, orgulhoso, cheio (de orgulho).

Estradeiro: trapaceiro, velhaco (com estrada, ou seja, com experiência).

Grei: rebanho de gado miúdo e, por extensão, partido, facção, sociedade.

Marmota: em alguns lugares do Nordeste, *marmota* designa confusão, cena muito engraçada ou personagem espalhafatosa.

Opulento: rico, abastado, poderoso, abundante, que tem opulência (riqueza).

Presepada: confusão, desordem, forma exagerada de chamar a atenção. Na literatura de cordel, são comuns os folhetos com esta temática, a exemplo de *Presepadas de Pedro Malazarte* (de Francisco Sales de Arêda) e *Presepadas de Chicó e astúcias de João Grilo* (de Marco Haurélio)

Soldado Ricarte: personagem do romanceiro espanhol que faz parte da tradição cultural de países como Brasil e Argentina. Trata-se de um soldado francês apaixonado pelo jogo do baralho denunciado por um sargento que o flagra espalhando as cartas dentro de uma igreja. Safa-se associando as figuras e naipes do baralho a personagens e episódios das Sagradas Escrituras. No cordel, há pelo menos três versões do romance. A mais famosa é *O soldado jogador*, de Leandro Gomes de Barros.

Sururu: confusão, barulho.

O AUTOR

Marco Haurélio nasceu em Ponta da Serra, localidade do município de Riacho de Santana, sertão da Bahia, no dia 5 de julho de 1974. É graduado em Letras pela Universidade do Estado da Bahia-UNEB. Pesquisador da Cultura Popular Brasileira, tem artigos publicados em revistas literárias e pedagógicas. Lançou *Breve história da Literatura de Cordel* (Claridade) e *Literatura de Cordel – do sertão à sala de aula* (Paulus). Pela Luzeiro, tradicional editora de cordéis, publicou *O herói da Montanha Negra*, *Presepadas de Chicó e astúcias de João Grilo*, entre outros. Para a coleção Clássicos em Cordel, da editora Nova Alexandria, adaptou *A megera domada*, de Shakespeare, e *O Conde de Monte Cristo*, de Alexandre Dumas. Em 2011, o melhor de sua produção poética foi reunido pela Global Editora no livro *Meus romances de Cordel*. Sua bibliografia inclui ainda *As babuchas de Abu Kasem* (Conhecimento), *Palmeirim de Inglaterra*, em parceria com José Santos e Jô Oliveira (FTD) e *A lenda do Saci-Pererê em cordel* (Paulus).

O ILUSTRADOR

Klévisson Viana nasceu em 1972, em Quixeramobim, sertão central do Ceará. É cartunista, poeta, editor, agitador cultural e presidente da AESTROFE – Associação de Escritores, Trovadores e Folheteiros do Estado do Ceará. Artista que transita por vários gêneros da poesia popular, em sua Tupynanquim Editora já publicou uma centena de títulos de sua autoria e mais de quatrocentas obras de outros autores. É autor do infantojuvenil *Os miseráveis* em cordel (Nova Alexandria). No campo da literatura de cordel, escreveu ainda: *O cangaceiro do futuro e o jumento espacial*, *O príncipe do Oriente e o pássaro misterioso*, *João da Viola e a princesa interesseira*, *Pedro Malasartes e o urubu adivinhão*.